衛斯理系列 少年版 18

木炭

上

作者：衛斯理

文字整理：耿啟文

繪畫：鄺志德

老少咸宜的新作

　　寫了幾十年的小説，從來沒想過讀者的年齡層，直到出版社提出可以有少年版，才猛然省起，讀者年齡不同，對文字的理解和接受能力，也有所不同，確然可以將少年作特定對象而寫作。然本人年邁力衰，且不是所長，就由出版社籌劃。經蘇惠良老總精心處理，少年版面世。讀畢，大是嘆服，豈止少年，直頭老少咸宜，舊文新生，妙不可言，樂為之序。

倪匡　2018.10.11　香港

目

錄

主要登場角色

陳長青

四叔

白素

祁三

衛斯理

四嬸

邊五

皮耀國

林子淵

第一章

木炭一塊

同體積的

黃金

大家應該知道，我有一位朋友叫陳長青，是 幻想 小說迷，也寫點故事，好奇心不遜於我。有一天他突然打電話來，卻故弄玄虛，隱藏了號碼，裝起 *沙啞* 而 神秘 的聲音說：「衛斯理，猜猜我是誰？」

　　我又好氣又好笑：「廢話，除了你這個 **王八蛋**，還會是誰？！」

　　電話中的聲音回復正常，得意道：「哈哈，**猜錯了！** 我是陳長青！」

　　我立刻說：「真對不起，我剛才所指的王八蛋，就是說**你**。」

　　陳長青大聲抗議：「你這種把戲瞞不過我！你可以説每一個人都是王八蛋，事實上，你根本沒猜到是我！」

　　然後他又着急地説：「廢話少説了，有沒有看到今天的 報紙 ？」

　　講廢話的人明明是他，我心頭火起，粗聲粗氣地答：「我看了新聞。」

「不是新聞，是報紙，有一段 **怪廣告**，你沒留意到嗎？」

「沒買報紙。」我冷冷地說。

「你趕快買一份來看看，我有事，晚點再找你。」我能聽出陳長青正在 **開車**，可能快到達目的地了，他說完這句話便匆匆掛了線。

我自然不會被他的故弄玄虛所動，完全沒理會他，自顧自去整理書籍。大概花了兩個小時，將不要的書，整理出一大捆來，拋在後門口的 **垃圾桶** 旁。我放下了舊書，才一轉身，就看到一輛 **汽車** 向我直駛過來。

我住所後面是一條相當 **靜僻** 的路，路的末端是下山的石級，根本無法通車。那車子這樣高速駛過來，如果不是想撞死我，就一定是想衝下石級自殺。

車子來得極快，幸好我避得及時，只見車子繼續向前

衝去，眼看要衝下石級之際，才聽到一陣尖銳的 **煞車**
聲，車子終於在石級前煞住，車門隨即打開，一個人急得

跌出車來，不住地喘氣，口和眼都睜得極大，神情驚恐地

叫了一聲：「**天！**衛斯理！」

我這才認出他是陳長青，「你幹什麼？想殺人？還是想自殺？」

他抓住了我的手臂，神情駭然地説：「我們進屋子去再説！」

回到我的住所，他呷了一口茶，才慢慢鎮定下來，將一頁報紙遞給我説：「你看看那段 廣告 ！」

我苦笑道：「你剛才那麼賣命，就是來為我送報嗎？」

他卻十分認真，「快看！」

我接過了那頁報紙，馬上就留意到他所講的那段怪廣告：「茲有一塊 木炭 出讓，價格照前議，有意者電15241 22718240621。」

我皺着眉，這廣告的確很**怪**，登一天廣告的錢，可以買許多斤木炭了，怎麼可能有人會登報出讓一塊木炭？而廣告上的 電話號碼 也是開玩笑，竟長達十六個字。

我看了之後，立刻有了一個初步的推論：「其實也不值得大驚小怪，木炭只是**代 號**，真正交易的，是另一些不便公開的東西。」

陳長青點着頭，「我也是這麼想，而且，雖然這是一段廣告，但實際上是一個人對另一個人的 **通訊**。」

我「嗯」了一聲，「『價格照前議』，表示賣家與買家曾經洽談過，但交易沒有完成，也沒留下聯絡方法。如今賣家又願意出讓了，所以才登了這段廣告，希望那個 *買家* 能看到。」

「我很好奇想知道『木炭』究竟代表什麼，所以就打

電話去問了。」陳長青說。

「等一等，那十六個字的電話號碼，你能打得通？」

陳長青現出 **得意** 的神色，「只要稍為動點 **腦筋**，就可以打得通！」

我悶哼了一聲，陳長青動點腦筋就能想到的事，我衛斯理豈會想不出來？我立刻低頭看着廣告上的電話號碼，很快就發現，每兩個數字都可以用 **三** 來除，得出的結果，就是八個字的電話號碼。

我笑道：「每兩個數字除三，就能得到電話號碼！」

陳長青驚訝地望着我，「你想得比我快，我花了足足 **一小時**。」

「你真的打電話去了？結果怎麼樣？」我也好奇起來了。

陳長青嘆一口氣，「我打電話去，對方是一個**老婦人**的聲音，我開門見山説：『我買木炭！』那婦人就問：『價錢你同意了？』」

我盯着陳長青，插了一句：「你怎麼知道價錢？」

陳長青**苦笑**道：「對啊，當時我又不能直接問她價錢是多少，因為『價格照前議』，真正的買家應該知道價錢，我問的話，就會**露出馬腳**，於是我説：『價錢我同意了，但是怎麼付款？你們要支票，還是現金？』怎料那邊的老婦人説：『**黃金**！同樣體積的黃金！』」

我呆望着陳長青，「同樣體積的黃金是什麼意思？一塊木炭的體積嗎？」

「當時我也是這麼想，為了想知道對方賣的是什麼東

西，我不假思索就答道：『好的，我帶黃金來，在什麼地方一手交金，一手交貨？』沒想到那老婦人居然説：『**老地方**！』」

我笑了起來：「你又有 **麻煩** 了，你怎麼知道老地方是哪裏？」

陳長青又嘆一口氣，「還好我應變快，説老地方不好，想換一個地方，就在公園的 **噴水池** 旁邊，今天下午四時交易。」

我禁不住嘲笑他：「公園的噴水池旁？木炭所代表的，一定是一些 **不能見光** 的東西，你居然選一個這麼公開的地方來交易，她怎可能答應！」

怎料陳長青説：「她答應了。」

我大感意外，看了看鐘，現在才剛過五點，即是説，陳長青是剛交易完過來。而看他剛才開車 **橫衝直撞**，

神色慌張的樣子，就知道那噴水池會面一定出了什麼事故！

陳長青繼續敘述：「我開車去，將車子停在離噴水池最近的地方。我到得早，三點五十分就到了，我留在車中，觀察着噴水池，如果看到對方不容易對付，我不會貿然下車。一直等到三點五十八分，我看到一個老婦人提着 **方形的布包**，向噴水池走去，不住在 **東張** **西望**。我相信就是她了，便下車向噴水池走過去。那老婦人坐在噴水池邊，看起來超過七十歲，穿着黑緞的長衫，同色的外套，戴着一串相當大，但已經 **發黃了的** **珠** **鏈**，滿頭銀髮，神態極其安詳，有一股說不出來的氣勢。」

「**快說重點**！她手中的那個包裹，就是和你交易的東西？」我着急地問。

「那包裹的體積相當 **大**，足有三十公分見方。我一

心要看看那到底是什麼東西，於是來到老婦人的面前，説：『老太太，我就是你在等的人。』她抬頭向我望來，問：『怎麼不是他？你是他的什麼人？』」

「**穿幫了**！」我緊張地説。

但陳長青搖搖頭，「還沒，當時我立即説：『他沒有空，我來也是一樣。』老太太**打量**了我一下，竟然一眼看出：『你沒有帶金子來？』幸好我情急智生，連忙指着車子説：『金子在車上，但我可以先看一看那塊木炭嗎？』」

「她肯麼？」我問。

陳長青點點頭，「老太太當時嘆了一口氣，『誰叫我們等錢用，只好賣了它。』她一面説，一面解開了包裹的**緞子**，裏面是一個極精緻的**描金漆箱子**，上面還鑲着螺鈿。箱子上的鎖，是一種古老的中國鎖，老太太取出了一串**鑰匙**來，開了鎖，打開箱子——」

「裏面是什麼？」我急不及待地問。

陳長青答道：「一塊**木炭**！」

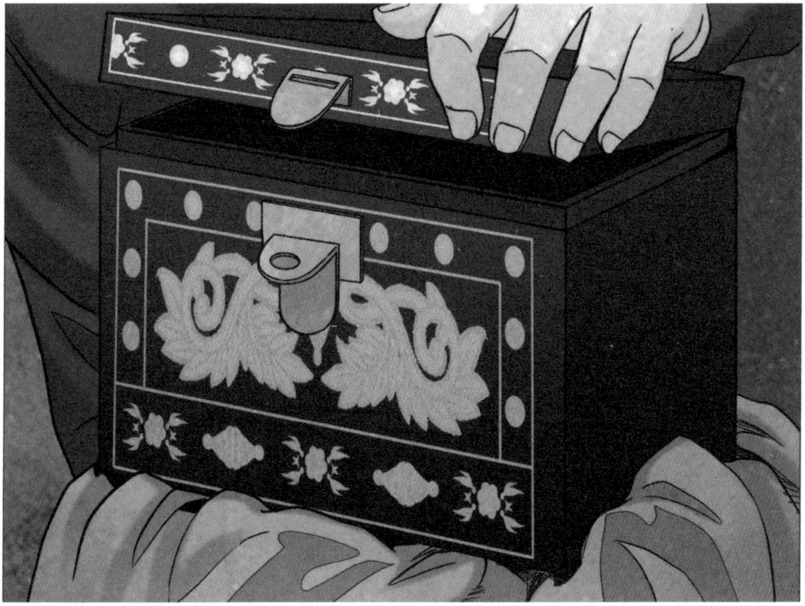

第二章

似曾相識的老太太

「真的是一塊木炭？你看清楚了沒有？」

我瞪眼望着陳長青。

陳長青激動地説：「難道我連木炭也分不清嗎？就是

一塊木炭！」

「有多大？」我問。

「相當大，四四方方，約莫有二十公分見方，是一塊

大木炭。怪不得老太太一眼就看出我沒有將同體積的黃金

帶在身上。我覺得這位老太太一定是 **瘋了**，一塊木炭，怎麼可以換同樣大小的黃金？當時我叫了起來：『真是一塊木炭！』還忍不住 **伸手**  去拿起那塊木炭。」

「她沒有阻止你？」我問。

「當然有！」陳長青說：「她在我手背上重重 **打了一下**，木炭落回箱子裏，迅速合上了箱蓋，怒問：『你究竟是什麼人？』我想解釋，可是還沒有開口，雙臂已經被人從後纏住。」

那個老太太原來還有 **同伙**，陳長青因為好奇而惹上麻煩了！

陳長青**繪影繪聲**地敘述當時的情況：「在背後纏住我雙臂的人，氣力極大，我掙脫不了，而我的尾骨上，卻捱了他重重的一擊，痛徹心腑。」

我分析道：「在你身後的那個人，是中國武術的高手，他抬膝擊中了你的要害，如果他出力重一點，你可能**終身癱瘓**！」

陳長青苦着臉說：「當時那個老太太說：『放了他吧，這個人一定是看了廣告，覺得**好奇**──』但我身後的人說：『不能便宜了這傢伙！』老太太厲聲道：『**放開他！**』我身後那人不情願地把我推到地上，我**狼狽**地爬起來，看到在我背後的那個人。」

　　陳長青講到這裏，臉色變得青白，嚥着口水，結結巴巴地説：「那個人……那個人……只有半邊臉！」

　　我呆住了一會，然後嘗試弄清楚：「你説『半邊臉』的意思，是那個人只有一邊臉，對嗎？」

　　陳長青顯得既惱怒又着急，「別跟我咬文嚼字！反正這個人的臉，一邊和常人一樣，但另一邊卻沒有臉！」

「**什麼叫沒有臉？**」我實在想不明白。

「沒有臉就是沒有臉啊，他不是完全沒有，只是沒有半邊臉！」陳長青說。

「一個人怎麼可能會沒有半邊臉？」

「他就是沒有啊！」

也許陳長青**受驚過度**，所以說來說去都無法描述清楚那個「半臉人」是什麼模樣，我只好揮揮手：「好了，先不管他，接下來又怎麼樣？」

「當然是逃走，那個人的樣子太可怕了！我**連爬帶滾**地奔向車子，我聽到那個人追上來，在我身後發出可怕的**笑聲**！我連忙進了車子，準備開車逃走之際，那個人竟然不知用什麼方法，攀上了車子，將他的頭從 車窗 伸進來——」陳長青講到這裏，將他的頭伸到我面前約十公分的距離，神情驚恐地說：「就像這樣！」

我嚥了一下口水，「然後呢？」

「然後我還能怎樣？只好閉上眼睛不去看他，立刻開車逃去！」

「直接來到我家後門？」

「對。」

我驚嘆道：「以 **閉着眼睛** 來說，你剛才的駕駛技術已算是無可挑剔了。」

「當然不是全程 **閉着眼睛** ！我沒心情和你開玩笑，我直接來這裏找你，是因為我認為那個半臉人**並非地球人**！」

陳長青的話令我有點啼笑皆非，「你想太多了吧，哪有這麼容易讓你碰上外星人！」

「不然他是什麼人？為什麼只有**半邊臉**？」

我反問他：「依你剛才敘述，那半臉人聽從老太太的話，將你放開，可知老太太的地位比半臉人高，那麼老太太也是外星人嗎？她只有半邊臉？或是外星人受到了人類老太太的**控制**？」

陳長青眨着眼，「通通都有可能！老太太的臉雖然很正常，但不能排除她也是外星人。就算她是人類又如何？我現在關心的不是她，而是那半臉人！」

我不禁笑道：「你本來關心的，不是那個怪廣告嗎？你想知道『木炭』代表什麼。」

「對，但沒想到木炭就真的是木炭，現在我的**好奇心**已轉移到那個半臉人身上了！」

「一塊木炭要用相同體積的 黃金 來交換，這不是更值得好奇嗎？而且廣告上説『價格照前議』，那表示已經有買家曾出此價！」

陳長青卻忽然 冷笑 道：「我明白了。」

「你這麼快就明白了？」我很驚訝，因為我仍未想通此事。

怎料他説：「你不肯承認半臉人是外星人，是怕我和

外星人溝通後，搶了你的**專利**。」

「什麼專利？」我聽得一頭霧水。

「和  的專利。」

我立刻笑了，「我從來未申請過這樣的專利，你不必向我挑戰。」

陳長青猛地站起，「好，那我就獨自去調查這個外星人！再見！」

他憤然離開，我只忠告一句：「我提醒你，這件事多半涉及犯罪組織的**交易**，你還是交給警方去處理比較好！」

陳長青冷笑一聲，「**看**👁，你開始擔心我搶去你的專利了！你愈勸我，愈證明我的方向正確！」他說完便堅決地開車走了。

當晚，白素回來看到了那張 ，指着那段廣告説：

「這段廣告真**怪**，電話號碼有十六個數字，而且是出讓一塊木炭。」

我笑着問：「你可知道這塊木炭的價錢？」

白素笑道：「當然不會是真的木炭，只不過是另外一樣東西的代號罷了！」

「**你錯了**，真是木炭！」

白素抬頭望着我，「你已經打電話去了？」

「不是我，是陳長青。」

白素皺眉道：「這電話號碼，是不是每兩位數，要用三來除？」

我鼓了幾下掌：「聰明！你可想聽聽陳長青的遭遇？倒相當有趣！」

我便將陳長青的經歷轉述一遍，白素聽完後，皺着眉，「那『**肖臉人**』是什麼意思？」

我聳了聳肩：「誰知道，他形容得不清不楚的。」

白素沉思了一會，突然拿起了電話，我大吃一驚，「你想打電話去？」

白素神情十分**猶豫**，「我不知道，但陳長青所形容的那位老太太，好像──」

聽她講到這裏，我心中也有一種異樣的感覺，失聲道：「好像是我們的一個**熟人**！」

「對，你也有這樣的感覺？真奇怪，可是偏偏想不起她是誰！」

「究竟是什麼東西引起了我們的聯想呢？是她的**衣著**？她那串發黃了的**珍珠項鏈**？」我不斷問自己。

「我想，如果讓我聽聽她的**聲音**，應該能認出她是誰！」白素説。

她和我交換了一個**眼神** ，我點頭支持她，她便

打開手機的揚聲器，撥通了那個號碼。

鈴聲響了近十下之後，電話那邊傳來一個男人的聲音：「喂。」

白素保持**鎮定**，問：「請問老太太在不在？」

電話那邊反問：「什麼老太太？」

白素説：「就是有木炭出讓的那位老太太。」

「我們的木炭已有買家談好了 **$價錢$**，你買不起的。」

對方想掛線，白素連忙説：「我知道價錢是同樣體積的黃金。」

電話另一端沒有反應，似乎那男人在請示老婦人。十來秒後，忽然聽到一個老婦人的聲音喊道：「只要付得起價錢就可以了，盡快約定時間交易吧！」

一聽到那老婦人的聲音，我和白素身體**震動**了一下，白素更立即掛斷了電話，然後我倆不約而同地叫出來：**「是她！」**

第三章

炭幫糕

中國的地方語言極其**複雜**，我和白素對於各地的 **方言** 都有相當程度的研究，有一些冷僻地區的獨特方言，即使不能説到十足，但要聽懂，絕無問題。那位老太太在電話中的那句話，是**地地道道**、安徽省一個小縣的話，而且我還可以肯定，她講的是那縣以北山區中的語言。

一聽到那位老太太的**口音**，我和白素立刻就想到了她是什麼人。這一點，要從中國的幫會説起。

一般而言，**幫會**是一種由相同職業的人組成的組織，愈是獨特的職業，愈容易結成幫會，像走私鹽的，結成

鹽幫，碼頭挑夫結成**挑夫**的幫會。在安徽省蕭縣附近的山區，**林木叢生**，天然資源豐富，山中所生長的一種麻栗木，木質緊密結實，是**燒炭**的好材料。所以蕭縣附近，尤其是北部山區一帶，**炭窯**極多，很多人以燒炭為生，靠木炭過活，其中包括了炭窯工人、砍伐工人、運輸工人等等。他們自然而然組成了一個幫會，那就是在皖北極其著名的**炭幫**。

炭幫的幫主有一個別號，叫「四叔」，而他的夫人自然被稱為「四嬸」。由於白老大的關係，在我和白素的**婚宴**上，四嬸也是座上客，因此我和四嬸有過**一面之緣**。她給我的印象是十分肅穆而有威嚴，打扮很得體，戴着一串**珍珠項鏈**，珠子相當大。

陳長青在敘述時，也提及過那位老太太戴了一串相當大的珠鏈，當時我未能聯想到四嬸，直到在電話中聽到她

的口音，就馬上想起來了，陳長青見過的那位老太太，就是**四嬸**！

一認出她是四嬸，白素就忙不迭掛斷電話，我明白那是幫會規矩的緣故。因為中國的幫會，各有各的禁忌和規章，甚至比現代人更注重**私隱**。

雖然四叔已過世，炭幫亦早已**風流雲散**，不復存在，但是當年炭幫的勢力龐大，即使事隔多年，四嬸的手下可能還有一些人在，仍保留着以前的行事手段。我和白素立時替陳長青**擔心**起來。

白素忙道：「快通知陳長青，告訴他整件事與外星人無關，叫他千萬別再多事！」

我點頭認同，「是！希望陳長青聽我們的話！」

我立刻打電話給陳長青，可是他的手機**撥不通**。我只好留下信息，並且每隔十分鐘就嘗試一次，可是幾個小

時都聯絡不上他。

我 **坐立不安**，白素安慰我：「也許他的手機剛好沒電，或者壞了，也有可能他身處一個信號不好的地方，你別太擔心。」

「以他的性格，更大可能是正在進行什麼**冒險**的行動，把手機關了。」由於我也是好奇心極強的人，因此很清楚陳長青的想法。

「你擔心他主動去找四嬸？他不清楚對方的身分，也不知道對方的地址，不可能找到——」白素說到這裏突然停住，我和她都想到了一件可怕的事，齊聲叫了出來：

「電話號碼**！**」

　　四嬸那個是住宅電話，要從電話號碼查出**住址**，不是一件困難的事，萬一陳長青真的查出來，那麼——我和白素都不敢想像下去。

　　「據說炭幫的人都非常**凶悍**。」我擔心道。

　　「那是以前的事，現在都是什麼時代了？」白素雖然這樣安慰着我，但她自己也是坐立不安，接着說：「你要是擔心的話，我們直接去找她吧！」

　　「去哪裏找？陳長青不在家，他家裏的電話也沒人接聽。」

　　「不，我不是說陳長青，我說我們可以**直接去找四嬸**。」

　　白素這麼一說，我精神為之一振，因為這樣做不只為了陳長青的安全，或許還能解開木炭和半臉人之謎，我對白素的建議大表**支持**：「好！一於去找四嬸！」

白素深知我的性格，不禁笑了起來，我匆匆去洗臉、換衣服，一邊問白素：「我們是不是要先打一個電話去聯絡？」

白素卻**反問**我：「萬一她說她不方便見客，婉拒了我們，那怎麼辦？」

我**如夢初醒**，「對啊，電話上太容易拒絕了，要是**登門拜訪**，她就不好意思拒之門外。」

白素又說：「不過，我們以自己的名義去拜訪，也不一定能見到四嬸，除非借用父親的**名片**。」

「白老大的名片？」我有點疑惑。

白素解釋道：「父親早年曾印製過一種十分**特別**的名片，只在他拜訪最尊貴、地位最高的客人時才使用，我還有幾張存着，可以用得上！」

「但我們還得找個拜訪的**藉口**。」

「那就簡單了，我可以說，我正在搜集**中國各大幫會**的資料，準備寫一部書。皖北的炭幫是大幫，所以請四嬸提供一點資料！」

「好藉口！我相信四嬸近幾十年來的生活一定十分平淡，極其懷念過去 **輝煌** 的經歷，話匣子一打開，什麼

事都容易談了。你真聰明！」我情不自禁地親了白素一下。

於是，我們根據那個電話號碼，查到了四嬸的住址，但當然，我們會說地址是 **白老大** 告訴我們的。

我和白素出發，車子駛出了市區，向郊區進發，在沿海公路行駛了約莫二十分鐘，轉進了一條 小路。

小路的兩旁全是品種奇特的 竹子。白素說：「這是蕭縣山中的特產，我相信這些竹子一定是當年四嬸從家鄉帶來，一直繁殖至今。」

沒多久，我們就看到了一幢相當大的屋子，一看就知，那是按照原來 **家鄉屋子** 的形式來建造的。

我們將車子停泊好，然後下車，一起步向屋子大門。

大門是舊式的，四叔姓計，大門上鑲着老大的「計」字和「肆」字，都是 **黃銅** 製，極有氣派，擦得 錚亮。

門前有一根垂下來的 銅 鏈 子，白素伸手拉了一下，大門內立刻響起「梆」的一下撞擊聲。

足足過了一分鐘，才聽到有 腳 步 聲 傳了過來，門緩緩打開，一個個子極高的 老漢 站在我們面前，他身形粗壯，腰板挺直，氣派極大，相信他年輕時一定更加神氣。

白素早有準備，雙手恭敬地將一張 大紅 燙金、極其精緻的名片，遞了上去：「這是家父的名片，我有點事想向四嬸討教，勞煩通傳。」

那老漢一見名片，整個人都 肅然 起敬，向白素行了一個相當古怪的禮，然後雙手接過名片，說：「白大小姐，請跟我來！」

第四章

白老大
的 要 求

　　那老漢帶我和白素穿過花園，來到屋內大廳。

　　我們發現大廳雖大，卻十分 空 洞，幾乎沒有什麼

陳設，牆上明顯有着曾懸掛過 字畫 的痕迹，但如今字

畫都不在了。應該有家俬陳設的地方，也都空着。

　　那人帶着我們進了大廳之後，神情顯得有點 尷尬。

我和白素知道，大廳中的陳設、字畫，已全賣掉了。陳長青

曾轉述四嬸的話：「誰叫我們等$錢$用，只好賣了它！」

由此可知，可以賣的東西，都全賣掉了。

　　那人在尷尬了一陣之後，又帶着我們穿過大廳，推開一扇門，進入了一個小客廳。那裏有一組十分殘舊的 **老式沙發** ，總算有地方可坐。

　　我們坐下來之後，那人捧着名片説：「我去請四嬸下來。」

　　白素禮貌地說：「這位是我先生，衛斯理。還未請教大叔高姓大名？」

　　「我姓祁，叫我**祁老三**好了！」祁老三行了一個禮，轉身走了出去。

　　我悄悄問白素：「那祁老三，是什麼人物？」

　　白素瞪了我一眼，「你真沒有常識，炭幫的幫主，一向稱四叔，他居然可以排行第三，自然是炭幫中的**元老**，地位極高！」

　　我笑道：「那為什麼炭幫幫主要叫四叔，你還不是一樣不知道！」

　　「等一會你可以問四嬸。」

　　我**聳了聳肩**，「我又不是為了炭幫的歷史而來，我只想弄明白他們有沒有傷害陳長青，當然，能順便解開木炭、半邊臉這些**謎團**更好。」

白素壓低聲音說：「待會你少 **說話**，不可對任何人無禮，一切讓我來應付！」

我正想回應，但這時已有 **腳步聲** 傳來，白素連忙拉着我一同站起。

門打開，祁老三陪着四嬸走進來。祁老三介紹道：「四嬸，這位就是白大小姐，和她的丈夫衛先生。」

四嬸向我們點了點頭，**神情莊嚴**，高不可攀，坐下來之後，便問白素：「你爹好吧？唉，老人都不怎麼見面了。」

白素連忙說：「好，謝謝你。四嬸，你氣色倒好，我記得我很小的時候，曾見過你。」

四嬸笑了一下，「可不是，那時候，你還要人抱着呢！」

「是啊，有兩位叔伯，當場 ，大聲呼喝，我

還嚇得哭了。」

　　白素的**交際手腕**實在了得，與四嬸聊起陳年往事，使得四嬸心情大好。而四嬸也是聰明人，很快就問：「你來找我，有什麼事？」

　　白素開門見山說：「四嬸，是一件 **小事**，我有一個朋友，叫陳長青。」

　　四嬸皺了皺眉，「我們的境況 **大不如前** 了，只怕不能幫人家什麼，但你既然來找我，只要能力所及──」

　　白素連忙解釋道：「不，不是要四嬸幫什麼，只是這個陳長青實在太好管閒事，昨天和四嬸見過面，怕是**得罪**了四嬸──」

　　白素的話還沒有講完，四嬸已臉色一沉，轉過頭去，問：「老三，你們將那個人怎麼了？」

祁老三報告：「四嬸，老五説，有一個人，**鬼頭鬼腦**在圍牆外面張望。他認得那個人就是早前打電話來，欺騙我們——」

祁老三囉囉唆唆講到這裏，我已經**忍不住**問：「這個人，你們將他怎麼樣了？」

「老五説教訓他一下——」

我擔心陳長青的安危，激動得**站**了起來，質問道：「你們用什麼方法教訓他？」

白素來不及拉住我，四嬸自然覺得我相當無禮，臉色變得十分**難看**，冷冷地説：「我們怎樣教訓他，是我們的事！」

我忍不住提醒她：「只怕不單是你們的事，也是整個社會的事，因為這裏有法律，而且是 **現代的法律**！」

此話一出，四嬸的神情變得更難看，憤然站起來，一句話也不説，轉身就走了。

四嬸一走，祁老三也跟着出去，可是我不讓他走，一步跨向前，伸手搭住了他的 *肩頭*。

這個祁老三，在炭幫的地位既然相當高，**武術造詣** 自然不會差。他右肩一縮，已一肘向我撞了過來。

眼看要大打一場之際，白素及時躍過來 **制止**：「自己人，別動手！」

祁老三 **呼了一口** 氣，「白大小姐，要不是看在你的份上，今天他出不去！」

我哈哈大笑，「我經不起嚇，求你別嚇我！」

祁老三額上 *青**筋* **暴綻**，看樣子還要衝過來，我也擺好了架勢，但白素卻橫身隔開了我們。

祁老三 **悶哼** 一聲，轉身便走，我大聲道：「祁老三！你們將陳長青怎麼了？」

祁老三頭也不回，冷冷地説：「你的朋友沒有什麼事，只是捱了 **兩拳** 就昏倒，我們將他拖出馬路，現在他多半躺在醫院裏，至多三五天就會復原。」

陳長青的 **下落** 總算弄明白了，事情弄得如此僵，我和白素自然被「請」離去。

我立刻趕去距離最近的一家 **公立醫院**，果然看到了陳長青。他確實是昏迷在路邊，被人發覺，召救護車送進醫院來的。他的傷勢並不重，已清醒，照我看明天就可以出院。我問起事情經過，也和祁老三説的一樣，陳長青根

據電話號碼，找到了地址，摸上門去，想爬過**圍牆**

時被人抓了下來，捱了一頓打。

我指着他 **青腫的臉** 警告道：「陳長青，你別再多

管閒事了！」

陳長青卻一臉神秘，「閒事？一點也不！我發現了一

幢極古怪的屋子，附近有一些本地罕見的植物，我懷疑那

屋子就是 *外星人* 的 **總部** ！」

我真是哭笑不得，向他解釋那只是一個遠離了家鄉，

經已**沒落** 的幫會，但他完全沒聽進我的話，於是我也懶

得講解了，再三警告他別再惹此事，就離開了醫院。

第二天晚上，白老大竟然來了我家。他老人家一向**來**

去無蹤，可以花上一年時間在法國的農莊研究釀酒。

他突然來見我們，一定有什麼特別的事情。

閒聊幾句後，他就問：「你們可以籌多少 **現錢**

出來？」

我和白素互望了一眼，都大感**奇怪**，因為白老大給我們的印象，就好像有花不完的錢一樣，絕無可能向我們借錢。

「需要多少？」我問。

「大約 $兩百萬$ 美元 。」

兩百萬美元不是一個小數目，白素忍不住問：「爸，這樣一大筆錢，你要來幹什麼？」

白老大説：「不是我用，是你們用這筆錢去買一個東西。」

「買什麼東西這樣貴？」我問。

白老大有點**狡獪**地笑了起來，「我還以為你們能猜得到要買什麼。」

我不禁苦笑，兩百萬美元可以買任何東西，例如一大

顆鑽石、一架飛機、一艘大遊艇、一隻 宋瓷花瓶，

或是一張古畫等等，我怎麼能猜得出來？

可是白素突然怔了一怔，像是猜到了，緩緩地說：「**那塊木炭**？」

第五章

只有半邊臉的人

聽了白素的話，白老大呵呵地笑了起來，「還是我女兒 *聰明*！」

我大感驚詫，白老大要我們準備兩百萬美元，去買一塊木炭，難道木炭裏藏着什麼 **奇珍異寶**？

我呆了片刻，「我不明白——」

怎料白老大說：「我也不明白，但四嬸既然開出了這個價錢，一定有她的道理。你先買下來，我看不消幾天，

一轉手，至少可以 **賺兩成**$，或者更多！」

我心中在想，白老大是老糊塗了，還是在跟我們開玩笑？

但他不像講笑，説完已站了起來，「我很忙，要走了。你們 **籌足了$錢**$，就和四嬸聯絡，交易愈快進行愈好！」

我想追問原因，可是白老大已經匆匆出了門口，開車離去。

我和白素站在門口，**目送** 白老大的車子遠去，互望了一眼，我苦笑道：「拿兩百萬美元去買那塊木炭，算是我得罪了四嬸的 **代價** 嗎？」

白素説：「當然不是，一定有原因！」

我嘆了一聲，「我想知道原因。」

白素的回答倒輕鬆：「買下來，就知道了。」

　　我實在笑不出來，我們回到屋子，查了一下銀行帳戶，恰巧大部分資金都作了各種投資，能調動出來的現錢不是兩百萬美元。

　　我趁機説：「不如告訴你爸，我們的 $錢$ 不夠，買不起。」

　　但白素説：「你認識的有錢朋友不少，只要肯去開口，別説兩百萬，*兩千萬* 也可以借得到。」

看來我還是逃不過要買下這塊木炭，不禁**咬牙**道：「我倒真要弄明白這塊木炭究竟有什麼古怪！」

當晚我就打電話給一個姓陶的富翁，這位**大富翁**，在若干年前，因為他家祖墳的風水問題，欠了我一次**人情**。

電話接通後，我還未開口，他就大叫了起來：「是你啊，衛斯理，我真想和你聚一聚，可是實在太忙，唉，這個時間還在公司裏。」

我笑了一下，「那是因為你自己喜歡工作。**閒話**少說，有一件事想請你幫忙。」

「只管說！」

「請你準備一張二百萬美元面額的**支票**，我明天來拿，算是我向你借的。」

他大聲道：「借？我不借！你要用，只管拿去！」

我有點生氣，「你當我是隨便向人要錢的人？」

他**苦笑**了一下，「好吧，隨你怎樣說。不用你來拿，我立刻派人送去給你！」

半小時後，那張支票果然由專人**送到我手上**。但我還是睡不好，整晚翻來覆去想着許多不明白的事，例如陳長青口中的那個「半臉人」，上次造訪時沒有見到，但我相信，「半臉人」應該就是祁老三口中的「老五」，也就是發現了陳長青，將陳長青教訓了一頓的人。

第二天，我和白素一早出發，再次拜訪四嬸，而開門的仍然是祁老三。

祁老三看到了白素，態度十分客氣，可是對我卻極為**冷淡**，白素悄悄捏了一下我的手臂，我明白她的意思，便堆笑向祁老三說：「祁先生，真對不起，上次我要是有什麼不對的地方，全因為我不懂規矩，請你多多原諒！」

　　祁老三滿意了，也客氣地說：「沒有什麼，沒有什麼！」

　　白素向我笑了一下，我看到祁老三的態度好了許多，一起走向屋子時，我趁機問：「上次我們來，沒有看到老五。」

　　祁老三怔了一怔，似乎不知道怎麼回答才好，嘆了一聲，「是的，老五自從那次**出事**之後，不肯見陌生人，兩位別見怪！」

　　我**按捺不住**心中的好奇，「不對啊，他見過陳長青，那個捱了你們打的人。」

　　一提起陳長青，祁老三就**光火**，「那傢伙！他騙了我們。老五和四嬸還以為他是熟人！」

　　我還想追問下去，可是我們已經來到小客廳，還沒有坐下，四嬸就走進來了。

四嬸手中捧着一個極其精緻的盒子，鑲着螺鈿，貝殼的**銀色閃光**與紫檀木特有的深紅色，相襯得十分悅目，給人極其**名貴**的感覺。

我和白素一起向四嬸行禮，四嬸沉着臉，直到我用極誠懇的語調**道歉**之後，她的臉色才和悅過來。

我們一同坐下，四嬸神情感慨地說：「白老大和我說過了，**$錢$**，你們帶了沒有？」

「帶來了。」白素忙道。

四嬸嘆了一聲，「不瞞你們，我的境況不是很好，不然，絕不會出賣這塊木炭！」

我心中實在是**啼笑皆非**，我用二百萬美元向她買一塊木炭，可是聽她的口氣，像是我們佔了莫大的便宜，而白素還點頭道：「是的，我們知道。」

四嬸又嘆了一聲，取出一串**鑰匙**，打開盒子，內

裏是 **深紫色緞子** 的襯墊，放着一塊方方整整的木炭。

　　四嬸神情沉重，雙手捧住盒子，向我遞了過來，我連忙雙手接住。

　　白素從我的口袋中取出那張 支票 ，雙手交給了四嬸，四嬸接過來，順手遞給了在她身後的祁老三，吩咐道：「該用的就用，你去安排吧。」

　　祁老三答道：「是。」

我看着盒子裏的木炭，忍不住開口問：「四嬸，這塊木炭，究竟有什麼特別？」

怎料她聽了我的問題，呆了一呆，説：「木炭就是炭，有什麼特別的地方？」

我不禁倒抽了一口涼氣，「難道它就是一塊**普通的木炭**？」

四嬸嘆了一口氣，「我以前也不知道他收着這樣一塊木炭，後來他知道自己**時日無多**，才取出來給我，對我説：『這塊木炭你隨時可以賣出去，只要有人願意用同樣大小的**黃金**來買的話。』」

我不禁苦笑，「難道你當時沒有問四叔，何以這塊木炭這樣**值錢**？」

「我為什麼要問？四叔説了，就算！何必問？」

但我實在忍不住再**追問**：「那麼，上次和你談過要

買這塊木炭的是什麼人？」

四嬸開始**生氣**了，大聲道：「你問長問短，究竟是什麼意思？老三，將支票還他！」

祁老三立時答應了一聲，四嬸也伸手，想將木盒取回去，白素及時上前**打圓場**：「四嬸，他脾氣是這樣，喜歡問長問短，你別見怪。」

四嬸站了起來，沒再說什麼，就轉身走了出去。

祁老三嘆了一聲，「衛先生，四嬸一看到這塊木炭，就想起四叔，所以心情不好，你有什麼問題，問我好了。」

既然他這麼說，我就**開門見山**問：「好，這塊木炭有什麼特別？」

祁老三呆了片刻，考慮了很久才說：「兩位等一等，我去叫老五來，這件事，他感受比我深。」

祁老三走了出去，我心裏十分期待，因為老五很可能就是陳長青口中所講的「半臉人」。

沒多久，外面已有腳步聲傳來，同時聽到祁老三的聲音：「老五，白大小姐不是外人，衛先生是他的丈夫，也不是外人。」

沒多久，門打開了，一個人跟在祁老三後面走進來，那人比祁老三還要高，而我只看了他一眼，就立即呆住了。

我可以肯定，他就是陳長青口中的「半臉人」，所謂「**只有半邊臉**」，原來是我們只能看到他左半邊的臉：左眼、左耳、左半邊的嘴、左半邊的鼻子、左邊的頭髮；而這個人的右半邊臉，全罩在一個 **灰**白色，一時間看不出是什麼質料的網下。

陳長青形容得不清不楚的「半臉人」，如今我終於看

清楚是什麼一回事了。

　　我呆呆地望着他，使他有點尷尬，還是白素比較得體，開口道：「這位一定是 **五叔** 了？不知道五叔貴姓？」

　　那人開了口，我只能看到他 **左半邊的嘴** 在動，他説：「我姓邊，叫我老五好了！」

　　為了掩飾我剛才的失態，我連忙 **伸出手** 去，「邊先生，幸會！」

　　可是這個舉動使情況變得更尷尬，因為這時我們才發現，邊五不但是個「半臉人」，而且還是一個 **獨臂客**！

第六章

木炭糕
背後的故事

　　我已經伸出了右手，而對方沒有右臂，其尷尬可想而知，我心中不禁**暗罵**陳長青該死，竟然不知道邊五只有一條手臂！

　　「對不起，我不知道。」我慌忙縮回右手來，而邊五則揚起**左手**，向我行了一個禮。

　　我也彎腰行禮，並趁機**瞄**向他的右腿，他立時看穿了我的心意，拍了拍他自己的**右腿**說：「右腿還在！」

　　我更加尷尬，當大家都坐好後，白素嘗試緩和一下氣氛：「你們一個是老三，一個是老五，可是我一直不明白，為什麼炭幫的幫主，要稱四叔？ **四** 字對炭幫有什麼特別的意義嗎？」

　　白素這樣一問，祁三和邊五的態度果然 **活躍** 了許多，祁三說：「當然有其道理，燒炭的人和『四』字很有緣分──」

　　祁三接下來便 **滔滔不絕** 地講着有關炭窰的事情，而邊五卻很少開口，只在祁三向他詢問時，才偶然補充一兩句。

　　他們說，**燒炭** 並不是容易的事，首先要採木，由伐木組負責，他們伐下了樹木，鋸成 **四尺長** 的一段段，然後根據粗細來分類。這一點相當重要，因為在炭窰內堆放木頭十分講究，最粗的堆在下面，最細的堆在上面。

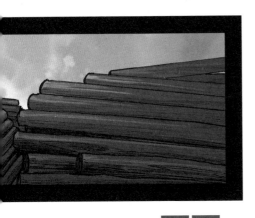

堆木 是一門相當高深的學問，由專人負責，稱為堆木師傅。堆木時，木與木之間的 空隙 不能太大，因為如果通風太好，木頭充分燃燒，就會燒成 灰燼；可是堆得太密的話，空氣流通不足，木料得不到需要的氧氣燃燒，就不會變成炭。所以堆木師傅有一句口訣，叫「逢四留一」，意思是四寸直徑的木料，就留一寸的空隙。

炭窯 一般來說約兩丈高，有四個火口，在炭窯的下半部。每個炭窯可以堆四層木料，木料一堆好，就封窯口。窯口留下四寸直徑大小，然後開始 生火，四個火口，日夜不斷地燒，要燒 四日 四夜。

在這四日四夜之中，負責燒火的火工，緊張得連眼都不能眨一下，要全神貫注，把握火候。火太大，木料成灰；火太小，燒不成炭。

燒了四天四夜之後，就可以開窯。開窯是所有燒炭工序中，最大的一件事，一定由炭幫的幫主親自主持。

四叔會先拜神，然後所有參加開窯的人，都用在神前供奉過的水浸濕毛巾，

紥住口鼻，這樣神就會**保祐**他們。

　　開窰的一柄 斧頭是炭幫歷代傳下來的。四叔大

斧一揮，把封住的窰口劈開，接着四支人馬便連續不斷，

以**極快的速度**傳遞水桶，向窰中淋水。

　　這是最驚心動魄的一刻，窰裏冒出來的**毒氣沖**

天，水淋進窰內的聲響震耳欲聾，參與淋水的人動作要

快，一窰炭是否成功，就看這

時的工作是否配合得好。

　　等到水淋進窰內，再沒有

白**氣**冒出來，整個燒炭過

程便完成，好幾萬斤的**炭**

精可以出窰了。

　　聽了祁三的描述，我明白

炭幫的幫主為何稱為「四叔」

了，因為在整個燒炭過程中，「四」這個數字佔着**極重要的位置**。每一段木料是四尺長短，炭窰的火口是四個，木料在窰內堆成四層，燒炭的時間是四日四夜，幾乎每一個 **程序**，全和四有關，「四叔」的尊稱，大概由此而來。

　　祁三長篇大論地講解了整個燒炭的過程，但最重要的一個問題，卻還沒有解答，那就是：他們 **登報出讓** 的這塊木炭，究竟有什麼特別呢？

　　我直截了當地追問，只見祁三和邊五互望了一眼，白素明白他們的心思，便說：「如果四嬸不想我們知道木炭的 **來歷**，就不會容許你們兩個和我們談那麼久了。」

　　祁三和邊五如夢初醒，祁三說了一聲「**對啊**」，然後望向邊五，「老五，是你說還是我說？」

　　「你說吧，我講話也不怎麼俐落，反正那個人來的時候，你也在。」

　　「好。」祁三集中精神，**深 呼 吸**了好幾下，便開始說：「那是四叔接任後的第二年。我還記得那一天，四叔在一天之內，連開了**七座窯** ，到日落西山的時候，他已經極疲倦。

　　邊五插了一句：「那天我們陪着四叔回去時，太陽才下山，天邊的 **火燒雲**，紅通了半邊天，我對四叔説：『四叔，你看這個天，明天説不定會下雨，該封的窯，得早點下手才好。』我這樣一説，四叔立刻吩咐了幾個人去辦。」

　　「是的。」祁三接着説：「天 **悶熱** 得厲害，我們一起到了四叔的家，才一進門，老七就跑過來報告説：『四叔，有一個人，下午就來了，一直在 **等你**！』可是四叔那天實在太疲倦，便對我説：『老三，你代我去見一見，我想歇歇。』我當然答應。」

　　邊五又補充道：「老七當時的 **神色** 很不對頭，我問他是什麼事，那人是否來惹事的？老七答道：『看來也不像，可是總有點 **怪**！』三哥笑了起來：「見到他，就知道他是什麼 **路數** 了。』於是我們三人一起走進了小客廳。」

　　邊五説完又交回給祁三敍述下去：「我們一進去，看到那個人樣子十分斯文，穿着一件 **白紡長衫**，几上放着他的 **銅盆帽**，他甚至還穿着一雙白皮鞋，不過鄉下地方沒有好路，他的白皮鞋已經染成 **泥黃色** 了。他一見到我們，便神情焦切地問：『請問哪一位是炭幫的……四叔？』

　　「我回答他：『四叔今天很疲倦，不想見客，你有什麼事，對我説吧。我叫祁三。』但他堅持道：『我想見四叔，他能拿主意，**不然要遲了！**』我十分生氣，便大聲道：『你有什麼事，只管説，我就能拿主意！』」

　　邊五向我們補充：「不錯，幫中之事，三哥是可以拿主意的。可是萬萬想不到，那人向三哥走過來説：『祁先生，那麼求求你，**秋字號窯**，還沒有生火，能不能開一開？』」

邊五說到這裏，低下了頭，一隻手緊緊握着拳，顯然事隔多年，他一想起那 **陌生人** 的要求，心中仍是十分激動。

祁三看出我的疑惑，便解釋：「衞先生，你不明白，那天，四叔開了七座窰，我也沒有閒着，我是負責 **堆窰**  的，那天我堆了秋、收、冬、藏四座窰，全都封起來了，只

等 **吉時生火**。那天，吉時已經選好，是在卯時，在這樣的情形下，已經封好了的窯，萬萬不能打開！」

「為什麼？」我和白素齊聲問。

「那是 **規矩**！」祁三的臉也漲紅了，「封好的窯，不等到可以出炭之時，絕不能再打開來，那是規矩！」

我不禁好奇地問：「如果打開了，會怎麼樣？」

邊五睜大他的 **單眼** 👁 望定了我，祁三依然十分堅定地說：「絕不能這樣做，也從來沒有人這樣做過！」

第七章

陌生人的古怪要求和舉動

　　原來那個陌生人的要求，犯了炭幫最大的 **忌諱** ，祁三說：「老七年輕，當時沉不住氣，抓住那人的手臂喝道：『你來 **找岔子** ，得拿真本事出來！』老七是擒拿手的名家，一抓住那人的手臂，以為那人一定會反抗，所以先下手為強，手腕一翻——」

　　祁三講到這裏，我不禁「啊」地叫了一聲，「那陌生人的手臂，非*脫臼*不可了！」

　　邊五嘆了一聲，「對！那人竟然真的一點武功也不會，老七一出手，『＼啪／』的一聲，那人的手臂便脫了臼，痛得**臉色煞白**，連老七也呆住。三哥在一旁看出不對，忙道：『老七，快替他接上，來者是客，怎麼可以

這樣 **魯莽**！』老七呆了一呆，伸手一托，將那人的臂骨托回去，那人痛得坐了下來，好一會出不了聲。三哥走過去，拍着他的肩説：『朋友，你剛才的話，再也別提了，這是我們幫裏的 **大忌**！』」

邊五講到這裏，祁三苦笑了一下，接下去説：「我們還以為那人就此不提了，怎料等他緩過氣來之後，竟然又説：『求求你們，開秋字號窯，我有十分要緊的事！』那時候，老五也沉不住氣了，喝道：『**快滾**！你再説一句，我將你腦袋揪下來！』別看那人文弱，倒還挺倔強的，**堅持不走**，懇求我們答應！」

我聽到這裏，忍不住問：「那人堅持要開窯，究竟是想幹什麼啊？」

祁三説：「當時我也這樣問他，他答道：『我要在窯裏取一件十分重要的東西出來！』老七立即吐了一口口

水：『呸！窰裏面有什麼重要的東西？除了木頭，還是木頭！』怎料那人説：『就是 **一段木頭**！』」

祁三説到這裏，長長地嘆了一口氣。

我和白素互望了一眼，心中也 **莫名其妙**，這個陌生人實在太古怪了，木頭在當地滿山遍野都是，何必硬要去犯人家的忌諱，將封好的窰打開來，取出一塊木頭？

邊五接着敘述：「我們喝罵的聲音 **驚動** 了四叔，四叔走進來問什麼事，老七就將那人的要求，轉述給四叔聽，四叔的臉色自然十分難看，厲聲道：『朋友，你和我們有什麼過不去？』那人説：『你別誤會，我只是想取回一段木頭！』四叔厲聲問他是什麼木頭，叫他説得清楚點！

「那人帶來了一個黑色的 **小皮箱**，他打開皮箱取出了一張地圖，攤開來向我們展示，指着一處 **圓 圈**

說：『這裏是貓爪坳。』我一聽就愣了一愣，**貓爪坳**是一個小山坳，除了土生土長的人，外地人根本不可能知道有這樣的一個地名。那人又說：『這裏北邊的一片林子，全被**採伐**了。』老七大聲道：『是的，那是上個月的事情。』」

祁三嘆了一聲，接着敘述：「那人居然還查出，那片林子的某一株樹，被伐下來後，堆在東邊場上，而當天上午，**木料**被裝進了秋字號的窰中。四叔問他，那株樹有什麼特別？那人沒有回答，只懇求道：『求求你們，開了窰，我只要將它**取出來**，立刻就走！』那時四叔實在忍不住了：『這人是神經病，將他**攆**出去！』於是我們就將那人直攆了出去，後來才發現他的皮箱留了下來。」

祁三和邊五輪流敘述着，講得十分詳細，但我還是未聽出一個頭緒來，便問：「那人又回來取皮箱了？」

　　祁三説：「那人回來了，但不是取皮箱。當天晚飯過後，我、老五、四叔又去**巡窯**，火工已經堆好了柴火，有十四口窯，要在卯時一起**生火**。眼看卯時漸近了，四叔大聲發着號令，突然……」

　　祁三講到這裏，聲音有點發顫，竟然講不下去。

　　邊五吸一口氣，接着説：「突然，秋字號窯那裏，有人叫了起來，我們奔過去看，看到了那個**瘋子**，在拚命向窯頂上爬，背上還繫着一柄斧，顯然他是要不顧一切將

封好的窯劈開來，取出他要的一段木料。他已經爬了有一半以上，所有人都在**喊他下來**，但那瘋子就是不聽，一個勁兒**向上爬**！四叔也急了，由於

我身手最敏捷，四叔便叫我去把那人抓下來，我立刻照辦，向上爬去。那人到了窯頂，用斧頭把**洞口**劈大了一些，我們喝止他時，**鑼聲**突然響起，吉時已到了！」

「吉時一到，就要生火？」我緊張地問。

祁三堅定地點頭：「是的，吉時一到，必須生火，火口旁的火工，早已抓定了**火把**在等着。」

我聽得有點不寒而慄：「可是那人——」

祁三吞了一口口水：「鑼聲響了之後，其他窯都生火了，只有秋字號的火工望著四叔，等待四叔的命令，當時四叔就屬聲 **喝令** 那個瘋子：『我數三聲就生火，你不想死就快下來！**一！**』那人望著 **洞口** 興嘆，我們誰都能看出他終於

肯放棄，準備下來，所以老五也伸出手去接他。當四叔數到『**二**』的時候，那人已經向老五伸出手了，我們都鬆了一口氣，而四叔亦放心地數：『**三！**』，怎料火生起後，不知道是什麼原因，那人突然怔了一怔，又轉身望向洞口，並且 **身子一傾** 整個人掉進窯裏去！」

聽到這裏，我和白素已緊握着手，感到極度的震駭。

祁三繼續説：「當時老五立刻**竄**上去，想拉住那人的手，只見老五上半身已探進窰洞裏去了，我們都**寄望**老五能成功把那人抓住，可是當他抽身出來的時候，我們看到……看到……」

祁三哀痛得**流下淚來**，説不下去，倒是邊五安慰着祁三，接下去説：「當時我也自信能把那人抓住，可惜還是慢了一步，只碰到了**指尖**，卻無法抓得住他，我只好伸手大喊：『快爬上來，抓住我的手！』但那時窰裏已經**火光熊熊**，我根本什麼都看不清楚，我極力等待了一會，直到真的承受不了，才從洞口抽身出來……」

説到這裏，邊五也**神色慘然**，不欲再説下去了。

不説也知，他抽身出來的時候，身體已受了**重傷**，經過多年治療，就成了現在這個模樣。

　　邊五重傷成這樣，那個掉進窰裏去的人，可想而知，根本沒有**活命**的可能。

第八章

僅存的東西

那次 **意外**，對哪一方來説，都是極其悲痛難過的事情。祁三和邊五沉默了許久，等到他們情緒平復下來，我才問：「那個人不是留下了一個 **皮箱** 嗎？你們可有打開來，看到一些 *眉目*？」

祁三微微點頭，「我們打開了那個小皮箱，從他的個人物品，知道了他的名字叫林子淵，從江蘇省句容縣來的，是句容縣一家小學的 **校長**。」

我呆了一呆，句容是江蘇省的一個小縣。當地一個小學校長，老遠跑到安徽省的炭幫，就為了取一段 **木頭**，

這事未免太奇怪了！

　　祁三慨嘆道：「四叔知道那人的身分後，對我們說：『等這一批窯開窯之後，我要到句容縣走一遭。老三，幫裏的事情，在我離開之後，由你照料！』我安慰他說：『四叔，這事你不必放在心上。』四叔嘆了一聲：『老三，事情太怪，而且**人命關天**，這個人不明不白，葬身在窯

裏，我得親身去通知他家人一聲。』」

聽到這裏，我迫不及待地問：「四叔有去嗎？」

「**當然有！**」祁三嚴肅地說：「四叔說了的事，必定會做。不過在開窰的時候，也發生了一件事，也許因為秋字號窰的洞口被林子淵破壞過，當四叔揮舞 **斧頭**，砍開秋字號窰時，窰內突然傳來『**轟**』的一聲，並噴出一條如 **雪花** 般的**灰柱**！」

我聽到這裏，不由自主地「啊」了一聲，「這一窰炭，**燒壞了！**」

「對，『**噴窰** 』是所有災難之中，最嚴重的一種，不但一整窰木料全成了**灰燼**，而且極不吉利，窰也不能再用。這種事，已經有好幾十年不曾發生過了！而第二天，四叔就起行了，他一個人去，幫裏的事由我來暫管。四叔去了幾乎整整 **一個月** 才回來。回來後，他看過

老五的傷勢，就急急地拉我到一旁，神色凝重地説：『老三，你得幫我做一件事！』」

祁三敍述到這裏，我禁不住問：「**等一等**，一個月？四叔有沒有説他為什麼去了那麼久？」

「四叔一直沒有説，直到後來老五的傷好了大半，從昏迷中醒了過來，提起那件事，四叔才慨嘆道：『林子淵有一個**兒子**，年紀還小，什麼也不懂，我留下了一筆錢給他，足夠他生活。這件事，以後誰也不要再提了。』自此之後，就沒有人再提起這件事，所以，除了四叔自己之外，誰也**不知內情**。」

我嗯了一聲，看來四叔那次句容縣之行，一定另有內情，只可惜祁三和邊五都不知道。那我只好問他們知道的事：「祁大叔，請你接下去説，四叔回來的那天**晚上**，他要你做什麼事呢？」

「當時四叔望着我説：『老三，我要你陪我，一起**進去**秋字號窯！』我一聽，就愣了半晌，説不出話來。進秋字號炭窯去，那是為了什麼？去找那姓林的**骸骨**？那一定找不到。秋字號窯出了事，經過『噴窯』之後，滿窯全是**積灰**，人不能由窯門進去，灰阻住了窯門。但由洞頂下去的話，一定危險之極，因為人要是沉浸在積灰內，積灰向**七竅**一鑽──」

我點着頭，那種危險，可想而知。我就追問：「結果你們還是進去了？」

祁三點頭道：「嗯，我不能讓四叔自己一個進去，沒有照應，**太危險了**。所以我和四叔一起上了那窯頂，用繩子拴住了腰，將繩子的另一端繫在窯頂上，我在先，四叔在後，各自拿着**火把**，從窯頂的洞中，縋了下去。在火把照耀下，只見窯的下半部全是灰，像**積雪**一樣。

我們事前計算過繩子的長度，但還是算長了兩尺，以致繩子一放盡，我和四叔兩人的雙腿，就陷進了積灰之中。我們都不由自主地叫了起來，回聲在窯中響起，激起了一陣灰霧。但與此同時，我們看到積灰中有一塊木炭，方方整整的一塊，一半埋在灰裏，一半露了出來。」

我不禁一怔，失聲道：「就是現在這一塊？」

「對，就是這一塊。」祁三説。

如此説來，這塊木炭確實有奇異之處，因為這一窯炭已經燒壞了，窯內的木料，理應全被燒成了灰爐，不會唯獨有一塊木炭留下來！

　　我望着祁三，祁三說：「我也感到奇怪之極，但四叔的**神情**卻像早已料到一樣。我們順利沿繩爬出**炭窯** 後，我忍不住問四叔：『四叔，你早知道秋字號窯裏，會有一塊木炭？』怎料四叔說：『不，我不知道會是什麼，只知道窯裏一定有點東西，所以才要進窯來取。』」

　　四叔的回答實在**耐人尋味**，當中一定大有文章，可惜據祁三說，四叔沒有再透露些什麼，只是特地做了一個極好的盒子，來放那塊木炭。後來四叔身體變差，便交給四嬸保管。

我捧起了盒中的木炭來，不論從哪一個角度看，也實實在在是一塊 **普通的木炭粒**，看不出有任何特別之處。

祁三和邊五將當年的事都詳細敘述了，我以為從他們身上再問不到什麼線索，正有點失望之際，還是白素比我細心，她問：「三叔、五叔，這次你們登廣告出讓木炭，是要給誰看？」

對啊！一聽到白素的問題，我心裏不禁大讚她 **細心**。這塊木炭曾經有人談好了價錢，只是不知道什麼原因，沒有完成交易。那表示，曾經有人願意用相同體積的 **黃金**，來交換這塊木炭。這樣只有兩個可能，那買家要麼是個 **瘋子**，不然就是知道這塊木炭所隱藏的 **秘密**！

　　邊五答道：「這是我們第二次登廣告了。第一次登廣告，是在幾年前，那時我們炭幫急需要錢，四嬸想起四叔的話，便決定登一段 廣告 出讓這塊木炭。廣告一連登了 **三天**，完全沒有反應，我們也覺得理所當然，誰會刻意去洽購一塊木炭？所以也不抱什麼希望，讓廣告再登兩天就作罷，怎料兩天之後，我們接到了一個 電話，那人自稱姓林，對我們出讓的木炭感興趣，要來見我們。當時我們在電話中已強調，價錢是同等體積的黃金，沒想到他**爽快**答應！」

　　「那人不是瘋子？」我緊張地問，因為那人若不是瘋子，就是知道木炭的秘密！

　　「不是瘋子。」邊五**搖搖頭**，「那人第二天親自來洽談交易，我和三哥在小客廳一看到他的身形時，都驚呆住了！」

「一個人的身影有什麼特別？」我好奇地問。

　白素比我聰明，她靈光一閃說：「是不是這個人的身影，和當年那位林子淵先生，十分 相 似 ？」

第九章

面熟的買家

祁三和邊五都現出佩服的神色，祁三説：「白大小姐，你真聰明。那人確實太像林子淵了，而且他也姓林，他向我們自我介紹：『我叫林伯駿，看到了你們的廣告，特地從**南洋**趕回來。我在南洋做生意，請問，我是不是可以看看那塊木炭？』」

邊五緊接着説：「那是很合理的要求，我們當然不能拒絕，所以我就去向四嬸拿木炭，三哥留下來陪着他。」

又到祁三敍述：「我和他談些客氣的話，愈看他愈像是當年的林子淵，我忍不住問他：『林先生**家鄉**是──』

林伯駿答道：『我是**江蘇句容縣人**，小地方。』我當時就嚇了一跳，衝口而出：『有一位林子淵先生——』他一聽也很愕然，『那是**先父**，祁先生認識先父？』」

　　祁三憶述自己當時的情況非常尷尬，我卻說：「但看來，這位林伯駿並不知道他父親當年的事。」

「是。」祁三説：「雖然我認為，當年林子淵的死，我們也不必負什麼責任，但當着他的兒子提起來，實在不愉快，所以我只好**支吾以對**：『只見過一兩次。』林伯駿反倒嘆了一聲，『先父過世的時候，我還很小，根本沒有**印象**！』」

「林伯駿一定知道些什麼的，不然不會願意拿黃金來換這塊木炭。」我緊張地説。

但祁三慨嘆道：「我當時也是這樣想，就試着問他：『林先生，請別怪我唐突，這塊木炭，要換同樣大小的黃金，你何以會有**興趣**？』我這樣一問，林伯駿竟露出相當**茫然**的神情來，説：『我也不知道。』」

我忍不住説：「這像話嗎？他怎會不知道？誰會無緣無故出**巨款**買一塊木炭！」

　　祁三繼續説：「他立刻解釋：『是**家母**吩咐我來的！』而這時候，老五也捧着那木炭進來了。」

　　邊五接着敍述：「我拿着木炭進來，將木盒放在几上，打開來，讓他看見那塊木炭。林伯駿一看，就『＼啊／』地一聲：『那麼大！』他的神情變得很尷尬：『我不知道這東西有那麼大——我只帶來了*一百多兩*金子——』我心中奇怪，三哥問他：『難道你母親沒有告訴你木炭有多大？』林伯駿**搖着頭**：『這件事我也弄不清楚。』」

　　祁三攤了攤手：「他好像什麼也不知道，只是依母親的意思來買木炭。他爽快地站了起來説：『現在我知道需要多少黃金才行了。我的 生意 正在發展，我想我很快就會有足夠的黃金，到時再來找你們。』他説完就走了。」

「一直沒有再來？」我問。

「**沒有。**」祁三嘆一口氣，「除了他，也沒有人會來買這木炭，當時木炭賣不出去，我們只好賣掉其他東西，以解燃眉之急。直到最近我們差不多**山窮水盡**了——」

祁三一臉難為情，我便接着道：「所以，你們又登了廣告，希望林伯駿看到了廣告，再來找你們？」

「是的，結果，真有人打電話來，卻是一個**渾蛋**！」

祁三口中的「渾蛋」，自然就是陳長青。

祁三又說：「然後，就是白老大來了，白老大見了四嬸，談了很久，接着你們就來了！」

有關這塊木炭的事，祁三和邊五已將他們所知道的，全告訴我和白素了。但我們依然不知道這塊木炭到底有何特別之處。由種種已知的事看來，如今知道秘密的人，恐怕就只有**一個**。

我駕駛着車子離開時，白素忽然講了一句：「林子淵的**妻子**，是一個極重要的**關鍵**人物。」

她的想法和我一樣，我另外又想到了一點：「白老大一定是相信那個林伯駿還會來買這塊木炭，所以他才要我們先買下來。」

「父親怎麼知道林伯駿有能力買下來？難道⋯⋯」白素一邊說，一邊用手機查着什麼，突然驚喜地說：「查到了，原來林伯駿大有來頭，他是汶萊的 **紙業鉅子**！」

我疑惑道：「當時他說自己的生意在發展，如今看來，他已經有足夠能力買下這塊木炭，卻為什麼沒有主動去找四嬸？」

白素笑道：「你可以主動去汶萊找他。」

我苦笑起來，要我上門**兜售**，未免有點尷尬，但為了解開這塊木炭的種種疑問，看來我非去見他一次不可。

況且，這塊木炭我是借錢來買的，必須把它賣了還錢。而願意買的人，恐怕也只有**林伯駿**了。

白素只查到林伯駿公司的聯絡方法，於是我冒昧打電話去，秘書說老闆正身在外地公幹，又不肯給我聯絡的方法，我只好留下 **口信**：「林先生感興趣的木炭已給我買下，現有意轉售，請他聯絡我。」同時把我的聯絡方法給了那秘書，希望她能替我轉達。

在等待回覆的期間，我徹底**檢查**過這塊木炭，包括在放大鏡之下，與普通木炭作比較；我也刮下一些**炭粉**，拿去作簡單的化驗，但都找不出它和其他木炭有何不同。

　　要我把價值二百萬美元的東西打碎，看看裏面有些什麼，我實在下不了手，但我可以帶它去作 **X光**透視，看看木炭內究竟有什麼古怪。

　　於是我帶着木炭去找一位朋友，他叫皮耀國，專門從事X光檢驗金屬內部結構的工作。他的工作室有 **完善的設備**，當他看到我帶來的漂亮盒子裏，放着的竟是一塊木炭，他就眨着眼道：「你是在 **開玩笑** 吧？」

「誰跟你開玩笑，我認真得很！這東西很貴，我想**透視**它的內部，看看是不是有什麼東西在裏面！」

皮耀國笑道：「木炭裏面會有什麼東西？決不可能有**鑽石**！」

我依然擺出極其認真的神情，他才終於相信我是認真的，立刻安排一切。準備就緒後，我和他一起進入**實驗室**，他將木炭放在照射的位置上，然後將室內的光線調暗一點，一面操作電腦，一面叫我注意着熒幕。

可是我好奇心作祟，**瞥了**一眼實驗室裏的各種儀器，只是分了心不到兩秒的時間，就聽到皮耀國突然發出了一下**尖叫聲**，我還被他撞了一下，幾乎跌倒，他似乎是被什麼嚇得急速後退，所以撞在我身上。

我扶穩了他，發現他**神情驚恐**，便問：「什麼事？」

皮耀國喘着氣，發着抖，指着那熒幕。我立時向熒幕看去，只見 **灰濛濛** 一片的影像，那自然是X光透視木炭內部的情景。我看不明白，問：「怎麼了？」

皮耀國説：「你⋯⋯你剛才⋯⋯沒有看見？」

「看到了什麼？」

皮耀國眨着眼，仍然喘着氣，盯着螢幕説：「剛才，我看到螢幕上出現了 **一個人**！」

第十章

木炭中有一個人

我完全呆住了，皮耀國竟說熒幕上出現了一個人，那是什麼意思？

我追問他，他不好意思地苦笑道：「我剛才一定是**眼花看錯**了，正如你現在看到的，木炭的內部情形，根本沒什麼異樣。」

我想了一想，疑惑道：「這裏的機器你天天在操作，可曾試過眼花看到了什麼，令你**驚恐**得像剛才那樣？」

皮耀國 **尷尬** 起來，「倒也沒有。」

「不管是不是眼花，你剛才看到了什麼，請詳細告訴我。」

「我……看到了……」皮耀國結結巴巴，然後激動地說出來：「一個人 *被困在* **木炭** *裏* 之內，想出來，在掙扎着，還在叫着，但當然，我沒有聽到他的 **叫聲**！」

我愣住了，但也拍着他的肩，極力安撫他：「鎮定點，我們是不是可以看重播？」

「對！」皮耀國如夢初醒般，立刻操作電腦，重播剛才的片段。怎料電腦顯示錯誤訊息，指出 **檔案** *損毀*，無法播放。

「怎麼會這樣？從來也沒試過這種情況！」皮耀國大感訝異。

「有辦法 **修復** 嗎？」我問。

皮耀國突然想起：「不怕，這部機器同時也有拍攝**傳統X光片**的功能，剛才作X光透視時，已自動拍攝了若干張X光片。」

皮耀國説完立刻關了X光機，取出 **軟片盒**，放在一條輸送帶上，傳了出去，同時按下對講機説：「小李，這些照片，**立刻要！**」

然後他轉過頭來對我説：「大約十分鐘，就可以看到那些照片了！」

在等待的期間，我和他都坐立不安，踱來踱去。我將木炭取了下來，湊到**耳邊**去聽。雖然這個舉動很瘋狂，我居然相信木炭裏面真的有一個人在叫着，所以想聽聽是不是有聲音。但我當然什麼也聽不到，只好將木炭放回盒子去。

皮耀國禁不住問我：「這塊木炭，究竟有什麼特別？」

我**搖頭**道：「我不知道，所以才找你幫忙。你剛才看到的是什麼人？」

皮耀國苦笑，「當然看不清，那只是一個很**模糊的影子**，而且只維持了一秒左右，若是清清楚楚看到了一個人，估計我不只撞到你身上，而是整個人當場昏過去了！」

這時我忽然想到，可以再作一次X光透視，看看會否再出現皮耀國所講的影像。

我提出了這個建議，皮耀國也同意，於是又將那塊木炭放在 **X光** 機 照射的位置上，然後按照剛才那樣再操作一次。

這一次，就算有人用尖刀在背後刺我，我的視線也決不會離開熒幕。可是，在這次X光透視中，熒幕上只出現灰色的一片，並沒有皮耀國上次看到過的那個「**人**」！

我們既鬆了一口氣，卻又有點失望。這時候，X光片洗出來了，經傳送帶送了進來，皮耀國將X光片逐一放在

燈箱 上細看，可是每一張都差不多，都是灰濛濛的一片，沒有任何異樣。

「看來真是我 **眼花**👁️ 了。」皮耀國苦笑了一下。

「這些X光片可以全給我嗎？」我問。

「當然可以！」

我接過所有X光片，逐一仔細地看，發現其中一張X光片上，有一些 **雜亂** 的線條，要很細心才看到。

我連忙說：「老皮，你看這是什麼？」

那些線條呈**波浪形**，雖然波幅大小不一，卻很有規律，絕非沖洗時人為刮花所造成。

皮耀國看了後，也大感奇怪，「X光機沒理由會拍出波形來，以前從未遇到過這種情況。」

皮耀國細心看着那波紋，愈看愈感到驚訝，他說：「看起來，這組波形，像是一種**聲波**，有點像樂器中的**木簫**在吹奏時發出聲音的聲波。」

我神色惘然，他解釋道：「不同的聲音，有不同的波形，女人的**尖叫**聲是一種**波形**，男人的講話聲又是另一種形狀。**小提琴**的聲音，可以形成**正弦波**；銅鑼的聲音是山形波。」

我點頭表示明白，「照你的看法，這組波形是木簫的聲音？」

皮耀國搖搖頭，「不是，我只是説有點像，這個波形的頻率看起來相當高，超過**三萬赫茲**。」

我又呆了一呆，「人耳所能聽到的聲音範圍，是二十到兩萬赫茲之間，如果是三萬赫茲——」

皮耀國已接着説：「對，如果這組波形是音波，那麼，人是**聽不到**的。」

我心中充滿了疑惑，突然想到一個問題：「我們是不是可以憑波形去還原它本來的聲音？」

皮耀國説：「理論上可以，但實際操作上，會有**困難**，因為有許多聲音，聽起來大有分別，但是在波形上差別極小，要做到這一點，那個波形必須記錄得非常精細和清楚。」

我盯着照片上那組幾乎看不清的**波紋**，有點失望。

皮耀國忽然説：「在我的熟朋友中，有一個笑話。他是個

音樂愛好者♪，自誇可以不必用耳，只要看樂章展示的波形，就能認出那是什麼**樂曲**♪。他和人打賭，凝視着螢幕上變幻不定的波形，當他肯定地說那是貝多芬的《田園交響曲》之際，原來那是羅西尼《威廉泰爾》序曲的第一樂章。」

皮耀國說的笑話，我非但不覺得好笑，反而頗欣賞那位先生。因為《威廉泰爾》序曲第一樂章，正是寫瑞士的田園風光，他能從波形看出 **相類似** 的感覺，已十分難得。

皮耀國指着X光片上的波形，補充了一句：「別忘記，這是人耳所聽不到的聲音。」

他說得對，就算還原了，也 **聽不到**👂。我沒有再說什麼，用紙袋放好那些X光片，便帶走離開。

回到家裏，已是 **深夜**，我把皮耀國看到了人影的

事告訴白素，白素也感到難以置信，除了眼花、巧合、故意惡作劇，她實在想不出其他合理的解釋。

「睡吧，別再為這塊木炭 傷 腦 筋 了，只要林伯駿那邊有回音，事情就能水落石出。」白素說。

提起林伯駿，我就火冒三丈，這幾天以來，我不斷打電話去追問，但那個秘書總是 敷衍 着我，真懷疑她有沒有把我的 口信 轉達給林伯駿。我決定不再憐香惜玉了，明天就打電話去把她罵個狗血淋頭！

第二天，我一早起牀就 打電話 到林伯駿的公司去，他的秘書接了電話，我粗聲粗氣地說：「又是我，衛斯理！你——」

我正想痛罵她一頓之際，沒想到她卻十分有禮地說：「衛先生，你好。老闆剛

好在辦公室，**他也想找你**，請等等。」

　　這大大出乎我的意料，她把我的電話轉接給林伯駿，林伯駿開口就說：「你好，衛先生。關於那木炭的事，我與家母商量過，她年老體弱，不便行動，能請你來汶萊 **一敘** 嗎？」

（待續）

故弄玄虛

有一天他突然打電話來，卻**故弄玄虛**，隱藏了號碼，裝起沙啞而神秘的聲音説：「衛斯理，猜猜我是誰？」

意思：賣弄玄妙虛無的道理。

情急智生

幸好我**情急智生**，連忙指着車子説：「金子在車上，但我可以先看一看那塊木炭嗎？」

意思：情勢危急下，突然想出應對之策。

繪影繪聲

陳長青**繪影繪聲**地敘述當時的情況：「在背後纏住我雙臂的人，氣力極大，我掙脱不了，而我的尾骨上，卻捱了他重重的一擊，痛徹心腑。」

意思：形容講述或描摹事物，十分深刻入微、生動逼真。

風流雲散

雖然四叔已過世，炭幫亦早已**風流雲散**，不復存在，但是當年炭幫的勢力龐大，即使事隔多年，四嬸的手下可能還有一些人在，仍保留着以前的行事手段。

意思：風吹雲散，蹤迹全無。比喻人生的離別。

坐立不安

我**坐立不安**，白素安慰我：「也許他的手機剛好沒電，或者壞了，也有可能他身處一個信號不好的地方，你別太擔心。」

意思：形容焦急、煩躁，心神不寧的樣子。

如夢初醒

我**如夢初醒**，「對啊，電話上太容易拒絕了，要是登門拜訪，她就不好意思拒之門外。」

意思：好像從睡夢中剛醒過來。比喻從糊塗、錯誤的認識中恍然大悟。

肅然起敬

那老漢一見名片，整個人都**肅然起敬**，向白素行了一個相當古怪的禮，然後雙手接過名片，說：「白大小姐，請跟我來！」

意思：因受感動而欽佩恭敬。

高不可攀

四嬸向我們點了點頭，神情莊嚴，**高不可攀**，坐下來之後，便問白素：「你爹好吧？唉，老人都不怎麼見面了。」

意思：形容人高高在上，難以親近。

衛斯理系列 少年版 18

木炭 上

作　　　　者：衛斯理（倪匡）

文 字 整 理：耿啟文

繪　　　　畫：鄺志德

責 任 編 輯：陳珈悠　朱寶儀

封面及美術設計：BeHi The Scene

出　　　　版：明窗出版社

發　　　　行：明報出版社有限公司

　　　　　　　香港柴灣嘉業街 18 號

　　　　　　　明報工業中心 A 座 15 樓

電　　　　話：2595 3215

傳　　　　真：2898 2646

網　　　　址：http://books.mingpao.com/

電 子 郵 箱：mpp@mingpao.com

版　　　　次：二〇二一年六月初版

I S B N：978-988-8687-60-2

承　　　　印：美雅印刷製本有限公司